詩、ときどきユーモア

明日はほぼ幸せ

ひらおかひでお

詩、ときどきユーモア

明日はほぼ幸せ

目次

山の花狂詩曲

野草曲

ハコベよハコベ
冷たい朝に　花よ咲け
野原に山に
大きく伸びる
空も土も
お前が好きさ

スミレよスミレ
ホコリの道に　花よ咲け
岩の割れ目に
笑顔で生きる
雪も雲も

お前が好きさ

ススキよススキ
風に吹かれて　花よ咲け
明日も来るなら
枯れてもそよげ
風も月も
お前が好きさ

ルリの声

ルリの声がする
今日の鳴き声は変だ
さっきから
気になって仕事が手につかない
森に入り
首をすっかり長くして
上を向いて怒鳴った
「どうしたんだあ、声がおかしいぞう」
「もう、年だあ」
返事がおりてきた
「幾つになったあ」
「八十だあ」

「なんとかならねえかあ」
「酒くれえ」
「なんでもいいかあ」
「カリン酒、一升だあ」
おれが大事にしている酒だ
仕方ない
洗面器になみなみと入れてやった
ルリは風のように降りてきて
それを遂に飲み干し
空になった洗面器の真中で
大きな唐辛子のようになって
酔いつぶれた

あくる日の朝
いつものここちよい声がした

飛びおきて窓を開けると
曇った空は光を増しており
乳色の霧が横たう高原に
ルリの声は透きとおって流れていた

おお、これで一日気分よく
仕事ができるってもんだ

お参り

神様、じゃなかった仏様
あれを　ああしてください
あれは　こうしてください
お願いします
でもね
できればでいいんです
いちいち
みんなの願いを聞いていたら
大変だろうから
できれば
ああしてほしいし
こうしてほしいんです

本当は
自分で道は切り開いて
行くもんだと
わかっているんです
こうやって旅先で
たまたま入ったお寺で
五円玉入れただけで
勝手なことを
頼んでいるんです
だからいい加減に
聞いてもらっていいんです
私だって
何日かたてば
何を頼んだか
すっかり忘れているんですから

でも今は聞いてほしいんです
この深い森の中で
こうやって手を合わせているだけで
心が静かになるんです

ああ、なんかすっきりした

老職人のタイ焼

お稲荷さんの東入り口近くに
その店はあった
タイ焼屋にしては間口が広く
看板といったものは無い
店の中には
六匹を一度に焼けるタイ焼器が
ズラリと十二台も並んでいる
姿勢のいいお婆さんが
さっきから油をひいている
昼間で人通りも多いというのに薄暗く
準備中という雰囲気だ
通りがかりの小母さんが声をかけた

「後で取りに来るから、頼んでいっていい」
「うちは、予約は受けてません」
にべもない返事である
私は一目で、この店は美味いとにらんだ
しばらくして
私はまたこの店の前にきた
行列が出来ている
やはり、ここは客が並ぶ店だ
寒い冬の曇り空を見上げ
私は列の最後に立った
店内の様子をうかがうと
向かって右側をさっきのお婆さんが
左側は背骨の曲がった
この店の店主らしいお爺さんが
台を半分ずつ受け持って作業をしている

二人とも無言である
うどん粉汁を量ったように型の中にさし
その上に餡を手際よくのせる
焼き具合、中の火通し加減
一番美味い状態にするにはどうしたらいいか
知り尽くして、一つ一つを揃えているようだ
今、七十二個のタイ焼がそろって焼きあがろうとしている
私の前には二十人近く並んでいる
順当に行けば私まで回ってくるが
この中で、一人で十個も注文する人が何人も出たら
それは叶わないこととなる
「はい、初めの方」
「七個」
(七個か)
「次の方」

「十個」
(十個も)
「はい、次の方」
「三個」
(ああ、良かった)
そして、ついに私の前の男まできた
私の分が回ってくるかどうかこの人にかかっている
「はい、そちらの方」
「二個」
(えらい)
およそタイ焼屋の前に並ぶにはふさわしくない
背広姿のこの人を私は一気に見直した
さっき話しかけに来た
奥さんの分と二個だけ買い求めたようだ
妻と二人で食べるために

長時間、タイ焼屋の前に立つ
見上げた男である
そして無事私の番が来た
「はい、次の方」
Vサインを出すように私は四本の指を立てた
歩きながら、すぐに
その中の一匹を取り出した
そとはカリカリして歯ごたえが良く
餡は甘過ぎず、柔らかくて温かい
食べながら、あの職人ともいえる
老夫婦のことを思い浮かべた
準備中であった時間はお互いの体を労わり
きっと昼休みをとっていたのだろう
焦げ目のついた香ばしい尻尾を
かじると、ほろ苦い味がする

この幸せは、あの人たちが作り上げたものである
私は、百円のタイ焼に
胸がいっぱいになりながら
人通りのきれない参道を
西口に向かって歩いた

お千代稲荷にて

釜戸温泉

帯もしていない
寝巻き姿の老人が
私のそばにヌーと寄ってきた
「ゆっくりしてって」と言った
今は現役を降りた
この温泉宿の主人らしい

「吉永小百合も泊ったんですか」
「四分の一世紀前です」
女中さんの返事だ

壁を見渡せば

寅さんも
さくらも
撮影で来たらしい
お婆ちゃん役で有名な
飯田蝶子の色紙もある
白黒写真の中に
なるほどその人がいる

温泉は気持ちいい
そうか
このこじんまりとした岩風呂に
吉永小百合も入ったのか
なんだかうれしい
しかし
飯田蝶子も入ったのだ

それは思わないことにしよう

「ゆっくりしてって」
年季の入った庭を眺めながら
なんていい言葉だと思った

山の花狂詩曲

ある日の午後
窓をトントントンとたたくものがある
私は昼寝から目が覚めて
窓を開けてみる
一羽の鳥がパタパタと飛んでいる
鳥はくわえていた手紙を
私の手のひらにのせて
空高く飛んでいった
手紙には
来る日曜日
八ヶ岳において
山の花狂詩曲の

指揮を命ずる

ニッコウキスゲ他、山の花一同

と書かれてある

その日
私はあの時の鳥の案内で
息を切らしながら
八ヶ岳を登っていた
ああ　ここは山の仲間たちと
来た道だ
たどり着いたところは
ひろい湿原の高原だった
私は待ち受けていた花たちに
おじぎをした
そして

曲に入る前に
花たちにいくつかの指示をした
ニッコウキスゲには
自分ばかり目立たないように
岩カガミには
前かがみでなく背筋を伸ばすように
座禅草には盛り上がりに
座ってないで立ち上がるように
ショウジョバカマには
袴は古いから
スカートに替えるようにと

いよいよ第一楽章に入った
するとにわかに
空模様が怪しくなって来た

黒い雲が高原を包み
白い雨が激しく降り始めた
私はかまわず指揮棒を振った
ところが
ティンパニーをたたいていた
ミノリノクロマユゲが
マユゲを濡らし前が見えなくなった
ファゴットを吹いていた
ミヤマオダマキがよろめいたので
ミヤマオオアンマキに代わってもらった
ホルンのあやめも
代わりの花ショウブも濡れて
ぐしゃぐしゃになったので
昼はとっくに過ぎていたが
ゴゼンタチバナニに代わってもらった

第二楽章になると
ニッコウキスゲは我を忘れて曲に没頭した
フルートの
イブキノトラノオが奮闘しだした
ムラサキマツノホクリが
身じろぎもせずバイオリンを弾いた
ほかの花たちも必死についていった

しかし第三楽章になると
いよいよ雨は猛烈となり
風も一段と強くなった
それでも山の花たちは負けなかった
野アザミは体を支えあった
岩カガミは倒れないように

ツリガネニンジンにつかまり
必死にクラリネットを吹いた
遂に座禅草は立ち上がった
聞け
山の花たちのハーモニーを
この湿原に咲く
花の美しさを
生きているぞっと
山の花が叫ぶ
タクトを振る私も叫ぶ
この頃から
空は明るくなり始めた
そして
最後のバイオリンが
雨上がりの高原に響いていった

私はびっしょりと濡れたまま
花たちを讃え
しっかりと握手をし、おじぎをして
山を下っていった
そして私はその夜
ひどい熱を出して
一週間職場を休んでしまったのだった

ナウシカの好きな娘へ

ナウシカの好きな娘へ

娘よ　お前がもし
夜遊びの帰りに運悪く
生活指導の先生に捕まって
名前を訊かれたら
ナウシカだと言ってやれ
住所はと訊いたら
風の谷と言い
学生かと訊いたら
王女だと答えよう
なぜこんな夜に
一人で歩いているのかと
訊かれたら

昼間は瘴気で　いっぱいだと言おう
腐海はそこまで来ており
森や虫たちは悲しみに
満ちていると教えてやれ
とにかく先生と一緒に来いと言ったら
私をいじめれば
王蟲が怒り狂って押し寄せ
この街や学校を潰してしまうと
警告しよう
それでもしつこく
まとわりつくなら
メーヴェの白い翼に乗って
逃げよ

ナウシカの好きな娘へII

娘よ
お前がもし不登校になっても
父さんは
学校へ行けとは言わない
大人だって
お前のように
王蟲の抜け殻の中に入って
じっとしていたい時があるさ
夢だとか希望だと
大切に抱いてみても
いつかは
消えていってしまう

それが腐海のほとりで
生きていくものの運命と
お前は気が付いたんだね
だから父さんは
お前が
逃げているとは思わない
お前が
怠けているとも思わない
傷ついた世界を
ただ癒しているだけなんだ
外はまだムシゴヤシの木が
午後の胞子を飛ばしている
だから
じっと休めばいいさ
静かに思いにふければいい

そして
お前の中にきっと
力が蘇る日がくる
その時まで
父さんは信じて
待っているよ

幻想交響曲

私の神経強化レシピ

……神経が細いと悩むあなたに

まず、そのすり減った細い神経を
やさしく取り出し
網目のボールの中に入れます
それを水道水でもみ洗いし
疲れやヌメリをとります
しばらく水につけアクを抜いたあと
しっかり水をきり
厚手の鍋に入れ
ヒタヒタに水を注ぎます
一気に強火にかけ
一煮立ちしたら弱火にしましょう

そこに抵抗力をつけるため
おろし生姜を入れます
またストレスに強くするため
「ハイミー」をかけるのもいいでしょう
とろみがついてきたら火をきり
ひと息いれて
よくさまします
鍋のものをボールに移し
強力粉と薄力粉を
よく調合して入れ
すぐカッときて
切れないように
手で良くこね　ねばりを出します
心配な方は
山芋など混ぜるのも

いいでしょう
これを大きなまな板の上に乗せ
めん棒で平たく伸ばしましょう
ちょうど
讃岐うどん位の太さに切るのが
いいですね
最後に
鼻の穴に突っ込み
ハイ、大きく息を吸って
コンチキショーと吐いて
脳細胞に戻しましょう

地下鉄に乗って

私の座席の前に
ドッチボールのような丸い顔がある
顔の真中に
富士山型の眉毛が
二つ並んでいる
肩は丸みをおび
ずんぐりとした体形で
すべて曲線で描く事が出来る
尻は座席を余分に取り
太ももは二本の丸太棒で
靴はやたら大きい
さっきから

ずっと下を向いて
太いソーセージのような指の
中指から小指までを
変に可愛く曲げて
親指と人差し指だけをパタパタさせて
スマホを動かしている

そんなでかい体で何やってんだ！
私は腹が立っている
地下鉄では
もう、猫も杓子もおたまじゃくしだって
スマホをいじっているけど
お前はスマホ似合わないぞぉ！
なぜ材木でも鉄板でも運ばない
今から工場の門をたたいて

働いて来い！
私の妄想を乗せて
地下鉄は目的の駅に着いた

幻想交響曲

道端のゴミを
集めるお婆さんがいた
朝早いうちから
夕方まで集めていたので
家の中は階段まで
ゴミで溢れかえっていた
ある日
お婆さんは
いつもの黒い服と杖をついて
ゴミ拾いに街まで出かけた
下ばかり見ていたので
コンサートホールの

楽屋口に入り
舞台のそでまで来てしまった
舞台では楽団が
指揮者の来るのを
今か今かと待っていた
お婆さんは指揮台の下に
ゴミが落ちているのを
発見した
お婆さんは
とっさに舞台まで歩いていって
ゴミを拾おうと
腰を低くした
その時
お婆さんの杖がクルリと動いた
それを合図に

美しい音が流れた
それが幻想交響曲の始まりだった
お婆さんが
ヨイショと立ち上がったとき
クラリネットの音がした
心地の良い音色に
お婆さんは
指揮台の上に
上がって背伸びをした
すると
バイオリンが一斉に響いた
お婆さんは
その音に心を震わせた
若い日がよみがえって
杖を大きく振った

そうよ
あの時代はわたし達が作っていた
あの時の愛は今も続いている
街の真ん中で
踊り明かした日よ
時代は変わっても私は変わらない
夫よ
いつも見守ってくれてありがとう
去っていった子どもたちよ
私のもとに戻っておいで
チェロの重たい音の後に
ティンパニが鳴った
お婆さんは
いつの間にか
指揮者となって

蟹踊りのように踊っている
杖を聴衆にむけ
心で叫ぶ
人々よ　なぜいがみ合うの
人々よ　もっとわかり合って
すべての楽器は小躍りして
最終楽章に向かっていった

お婆さんはゴミ袋を持ったあと
「ブラボー」の歓声と
鳴り止まぬ拍手の中で
背中を丸めながら
舞台を去っていった

明日はほぼ幸せ

５００マイル

白いポロシャツが
どうしても欲しくなった
そういえば
近くにジーンズショップがある
馴染みの客にはいいけど
はじめてにはアイソがないらしい
自転車に乗り
「５００マイル」という名の
その店にいってみると
シャッターが降ろされていた
都合により閉店の
貼紙が破れかけている

ハンドルをきって
最近出来た大型スーパーへいく
春の向かい風は
冷たさをくるんで
全身の吹きつけてくる
ペダルをヨイショ
ヨイショと漕ぐ
「500マイル」の主人よ
もう少しがんばってほしかった
シャツ一枚買うには
遠すぎる道だ
何マイルも走っている気分さ

ルージュの伝言

「あんた、よし子さんだない」
「あ、あんたは」
「元気でやっとりゃぁすか」
「久しぶりだなも」
「お出かけかね」
「墓参りだがね」
「もう何年になりゃぁす」
「三年だわ」
「あんたもあの旦那さんには苦労したな」
「若い頃はな」
「中村のカフェーの女」
「よう覚えてりゃぁすな」

「評判だったでなも」
「あの時はごがわいてな」
「ケンカしたかね」
「ケンカも何も家出だがね」
「思い切ったなも」
「口紅で鏡によ、書き置きしたったわ」
「なんて書きゃぁした」
「死んだるわって」
「おそぎゃぁなも」
「ほんで、常滑行きの急行に乗ったんだがね」
「まあ、窓に向かって泣きたいとこだなも」
「いかんがね、満員で座われえせんて」
「名鉄は本数が少ないでなも」
「けぇっちいでかんわ」
「旦那さんはどうしやぁた」

「スッ飛んで来た」
「良かったがね、すぐ来てちょうでゃぁて」
「まあ、来んでも良かったんだわ」
「ファハハ……」
「あ、電車、来たわ」
「ほんなら旦那さんによろしく」
「天国へ、そう伝えとくわ、ありがと、ありがと」
「気いつけて、いってりゃぁよ」

日泰寺参道

その日の朝になると
地下鉄の覚王山一番出口は
パチンコの台がかかったように
年寄りの大放出が始まる
はげ頭、しらが頭、しわ顔
曲がった腰
よれよれの服
たらたらのズボン
買物袋や杖が
泉のように湧き出て
次から次へと
暗い出口から吐き出される

人々は
長い列となって
日泰寺へと向かう
参道の露店は
年寄りの物でひしめき合う
女物の股引が
堂々と風になびき日の目を見る
パンツやスカートの
紐だけの店が出現する
昔ものが売られバイ声が飛び交う
カッコいいもの
若者受けするものは
青空の向うに追いやられ
年寄りが本当に欲しいものが
軒を並べる

お米のパーンが鳴り
餅が焼かれ
甘酒の匂いがする
老人天国が
現世に生まれ
短くも幸せな時を刻むのだ

星ヶ丘テラス

抹茶ラテ　ちょっと待て
ここは星ヶ丘テラス
苦い泡をひと口飲めば
アワワと胸をうつ
店のなかを見渡せば
若い女とカップル
通りすがりのおじさんが
入る店では無いようだ

抹茶ラテ　ちょっと待て
ここは星ヶ丘テラス
読みかけの文庫本は
グググっと胸をうつ

おしゃべりのさざ波が
寄せては返すけど
本の世界に入ったなら
おじさんに合う店さ

抹茶ラテ　ちょっと待て
ここは星ヶ丘テラス
苦い泡を飲みほせば
わびしさが胸をうつ
リュックサック肩にかけ
とびらが開けば
粋な子が追いかけて
見送ってくれるのさ

抹茶ラテ、ちょっと待て

顔が熱い喫茶店

仕事が終り
いつもの喫茶店に向かった
いつもの重厚なドアを開け
いつものテーブルの前に座り
いつもの若い娘にコーヒーをたのみ
そして、はじめてこの店に
「ケリー」という雑誌が置かれていることを発見した
温泉の帰りに立ち寄った喫茶店にも
「ケリー」が置いてあった
その店が載っているページが開かれていた
革工芸と喫茶を両方やっている珍しい店だった
そのことを店の娘に言うと

「ええ、どこですか」と寄って来た
「ケリー」を手にとり、たしか後ろのほうだったと
ページを開いて一緒に見ようとすると
豊胸手術の紹介欄で止まった
このあとの方だとめくっていくと
女性の胸の写真がいっぱい出てくる
肝心の店が出てこない
おかしいと思い、もう一度本を閉じて開いてみると
また豊胸手術のところだ
しかし、やはりこの辺に違いない
だが、探すが出てこない
ええい、もう一回
ああ、また豊胸だ
顔に血がのぼってきた
すると娘が「ちょっと見せてください」と本を取り

「ああ、これじゃないですか」とすぐ探し出した
おお、これだこれだ、なんですぐわかったのだ
「ウチの店も載ったことあるんですよ、ケリーに」
（なんでそれを先に言ってくれなかったのだ）

出されたコーヒーよりも
顔が熱くなる喫茶店だった

大男、飯屋に来る

工場が建ち並ぶ町の角
昔からやってる飯屋がある
飯時は労働者でにぎわい
ガラスの棚には
親父の作ったおかずが並ぶ
うどん物からどんぶりまで
なんでもあるが
ここの焼きそばは結構うまい
オレは会議のある日は
いつもここでめしを食べる
ある夕方のことだ
作業服を着た大きな男が

店の戸をガラガラと勢いよく開けて
テーブルの前に立った
その男は親父の方に向かって
「ビール　大
　焼きそば　大
めし　大」と
大声で注文した
大男は
みんな大きいものを頼んだ
大男は
冷や奴とか野菜炒めを頼まない
酔いたい
腹をふくらしたい
明快で分かりやすい注文だ
あるようで

滅多に無い注文
何よりも
この店にぴったりの注文で
オレは変だが
嬉しくて仕方がなくなってきた
うん、それだけの話なんだ

街角案内

あぁーあそこですか
あそこへ行くのなら
この道をまっすぐ行ってってください
信号があって角に
三菱なんとかかんとか銀行
というのがあります
左に曲がって少し行くと
この間まで営業停止だった
サラ金があります
向かえはパチンコ屋です
この通りを歩いていくと
コンビニがあります

一週間前に強盗が入りました
店員がなんの抵抗もせずに
サッとお金を渡したそうです
そりゃそうです
相手は包丁持って命がけ
店員は最低賃金が毛の生えたようなもんです
やめたほうがいいです
次の角を右に曲がると
寂しい道になります
昨晩ひったくりが出ました
女性ばかり狙ってます
気を付けてください
その道をしばらく行った所が
あなたが探している
もう二十年前ですが

やみ献金事件を起こした
運送屋さんです　ハイ
ええ、この重たそうな荷物を
そこまで持っていくんですか
一緒に持ていってあげます
良いんですよ
どうせ週二日の嘱託で暇なんですから

保育園に来てごらん

保育園に来てごらん
やんちゃな子供に
負けちゃうぞ

保育園に来てごらん
ちっちゃな笑顔に
泣けちゃうぞ

保育園のお庭には
お花も子ども
咲いてるぞ

保育園のお空には
ここちのいい風が
吹いてるぞ

保育園に来てごらん
可愛いいい保育士に
ときめくぞ

保育園が良くなれば
子供の未来が
まぶしいぞ

保育園が増えたなら
幸せな暮らし
広がるぞ

明日は、ほぼ幸せ

小さい頃から
大人になったら
保育園の先生になりたいと
思っていた
夢がかなったとき
ウチのおばあちゃんが
笑って言った
お前は保母さんになれたから
ほぼ幸せになるよと
みんながみんな
幸せじゃないのだから
ほぼ幸せでいいんだと

子どもたちと
楽しい
時間は流れているけど
小さな手が重たくて
可愛い瞳に応えられなくて
どうしたらいいのか
わからなくなることもある
だけどきっと
この仕事は
子どもたちから
私へのプレゼント
おばあちゃんの言葉を
少しだけ越えて
もっと
もっと幸せになっていこう

パレード！

総理を生活保護に！　―名古屋版―

総理大臣をよ
生活保護の受給者に
いっぺん　なってもらってはどうだ
ウチも財産も捨ててよ
六畳一間の薄暗いアパートで
電気代ケチって暮らす毎日はどうだ
朝ごはんは無ゃあ　昼はパン　夜はカップ麺
次の朝はよ
ご飯にカップ麺の汁かけてかき込んでまう
それが食生活だて
夏の熱中症はおそぎゃあぞお
冬はストーブを点けず

大あんまきみてゃあに
毛布にくるまってまう
着るものはにゃあ
人様と遊ぶなんてとんでもにゃあ
友達もいってまう
だーれもかまってもらえーせん
どん底だわ　まあどん底だでかんわ
そんな時によう
生活保護の支給金額が下がってまう
消費税は上がってまう
おみゃあさんはついに
体が弱って、病気に負けて、病院に行く金もにゃあ
天井見て泣いとる
そういう時によう
そういう時にはよう　わしらあが助けに行ったるて

ほんでよ　どんな時でも
誰にでも　あったかく支えるみんながおる
そんなことを分かってもらってよ
一緒にあったかいきしめんでも食べよみゃあ
うめやぁて　ほんとだに

道に倒れた人に

ただ歩いていただけで
命を奪われた人に
花束をそなえよう
優しい瞳で
涙を溜めよう
普通に生きた人生を
思い浮かべよう
どれほど生きたかったたか
考えてあげよう
風にそよがない
花を見つめ
もう来ない明日を
悔やんであげよう

その時に
あなたがいたなら
今日ここにいる
あなただったら
怒りだって
憎しみだって
消えないけれど

静かな瞳で
見つめていこう
柔らかな笑顔を
奪われないように
この道を
忘れないで
歩いていこう

輝く年を

今年はいい年になるぞ
政治家は国民のために
がんばるぞ
資本家は賃上げに踏み切るぞ
銀行は弱い会社にも金を貸すぞ
産業は息を吹き返し
中小企業は忙しくなるぞ
農業も盛んに
自給率が上がるぞ
町工場の社長は声を上げ
メリヤス屋は
久しぶりに機械を回すぞ

亭主は胸をはり
女房は買い物に走るぞ
シャター街の店は
きしむシャターを開き
希望の灯りがともるぞ
小さな駅に
跡取り息子が降りて
町が元気になるぞ
失業者は職にありつき
ホームレスは
笑って肩をたたき
年よりは尊ばれ
長寿を全うできるぞ
若者は
未来を受け止め

世の中が明るくなるぞ
明けましておめでとう！と
本当に言える年になるぞ

パレード！

小さなトマトが
歩きだした
青い空のままで
生きていたいと

一本のキュウリが
歩きだした
のびのびしたまま
生きていたいと

一個のじゃがいもが
歩き出した

静かな土の中で
生きていたいと

大きなスイカが
歩きだした
のどかな畑で
生きていたいと

たくさんの人間が
歩きだした
平和な時代に
生きていたいと

ゆびきり

百物語

初めから十と知っていたが
一になったと発表した
その内、二だが
三ではないだろうと他人事のようだった
しばらくすると
四に近いが
五であることもあるので
全力で調査中だと言った
そして、悲惨な六にまでなっていることが
誰にも判った時
テーブルの前に男たちは並んで
謝罪をした

七や八までできたときは
今度は開き直った
何ヶ月もの引き伸ばしのあと
やっと、十でしたとの記者会見があった
あの頃に
一だと知らせた男も
二だと言った学者も
三だと語った専門家の顔も
私は忘れてしまっている
それでも
台所で大根の葉なんかを
刻みながら
時々
とっくに十なんか
本当は越えてしまっている

すべてが
取り返しがつかないほど
汚れているんじゃないかと
足元をすくわれる様な
不安を感じるときがある

作並温泉

東北の一人旅も二日目になると人と話したくなる
一人しかいない温泉で大きな声で歌ってみた
露天風呂に行くと白髪頭のおじさんが湯に浸かっている
私は少し思い切って自分から声をかけてみた
「こんばんは」
「ああ、こんばんは
……今日は青葉祭りやってましたね」
「そうですか、知りませんでした」
「去年は震災でやれなかったから、今年は気合が入っているでしょ」
「明日もやるんでしょうか」
「やると思いますよ」
「今日は、川西町の井上ひさしの『記念館』に行ってきました」

「ああ、あの吉里吉里人書いた人」

「読みました？」

「読みましたよ」

「私は井上ひさしはよく読むんですけど、吉里吉里人は退職したらゆっくり読むためにとってあるんです」

「まだ現役ですか」

「ギリギリ現役です」

「ハハ…私もです、今日はオヤジの法事で来たんです」

「そうですか」

「仙台の高校出てすぐに東京に行ったからね、それから去年、オヤジが死ぬまで仙台に戻ったこと無かったんですよ、明日、東京に帰ります」

「そうですか、私は明日、震災にあった所に行ってみようと思ってるんです」

「それはいいことです、私の知ってる高校の同級生もたくさん津波にのまれましたよ」

「そうなんですか」
「あっちの方には行けません」
「ずっとですか、いつか行きませんか」
「最後まで行けないと思いますよ」
その時、おじさんは濡れたタオルで涙を拭いているように見えた
「すいません、へんなこと言って」
「いやいや、いいんですよ」
それから二人とも湯から上がった
良かった、こんばんわと声をかけて
もし黙って湯に入っていたら
きっと、こんな話はできなかったと思った

ゆびきり

今僕は誰かと
話をしたい
東北のこと
福島のことを
僕らが
ここまで
歩いてきた道を
振り返りたい
失ってしまったものは
なんだったのか
走りすぎて
落としてしまったものを

拾いにいきたい
今までどおり
生きるなんて
それだけじゃだめさ
繰り返す毎日は
雲に尋ねよう
明日の暮らしは
土に聞いてみよう
宮沢賢治が
生きていたのなら
そんな明日を
もっともっと
描くだろう
今僕は誰かと
話をしたい

一緒に進む道を
分かり合いたい
もう間違えないよと
指切りをしたい

手袋を作って

拝啓　八十のボクから

拝啓　八十になる私には
深い悩みがあるのです
あれほどイヤなデイサービスに
今通っています
結んでひらいてとか
風船遊びとか
なんでこんなことやらないかん！と
言ってやりたいけどこらえているのです

拝啓　八十になる私には
辛い悩みがあるのです
老人ホームの刻み食を

今食べています
ひじきの煮たのとか
冷えた湯豆腐とか
たまにはウナギでも出してみろ！と
言ってやりたいけどこらえているのです

拝啓　八十になる私には
せつない悩みがあるのです
いつもやさしい若いヘルパーを
今愛しています
どこか女房の
若い頃に似ていて
他のジジイにはやさしくするな！と
言ってやりけたいけどこらえているのです

ウオッホイじいさん

レセプションの夜のことだった
私の後ろからしっかりと抱きついて来た人がいた
びっくりして振り返ると
知らないおじいさんである
したたか酔っている
さっきから舞台に向かって
「ウオッホイ」と大声で
妙な掛け声をかけているのはこのじいさんだ
いきなりテーブルの上の
大学イモを指差し
「こんな美味いものはない！
　戦争中、こいつを食ってどれくらい嬉しかったか」
たしかにテーブルに大学イモがのるなど

珍しいレセプションである
「わしの観点からいうと
　大学イモがこれほど残っているのは問題である
　ニイチャン、もっと食べやあ」
禿げ上がった頭の上に
数本の白髪が波うつ
「大学イモが現代までなぜのこっているのか
　のこした奴は誰だ」
「誰でしょう」
「誰でしょうじゃない！」
舞台の三味線の音に
またじいさんは「ウオッホイ」と声をかけた
調子のいい民謡がはじまりだした
私は大学イモを食べながら
踊りに見惚れていた

カーテンのじいさん

病室の
カーテンの向うは
仏頂面したじいさんだった
ボサボサの白髪頭で
顔色には艶が無かった
廊下で会っても
挨拶もしなかった
声を出すのを忘れたのか
無口だった
この世に長い間生きてきたが
面白いことは何もなかった
そういう顔をしていた

ある日このじいさんに
奥さまらしい
初老の女性が見舞いに来た
すると
カーテンの向うの
表情が急に明るくなった
何もしゃべらない口が動き
声に力がみなぎっている
笑い声が広がった
目じりが垂れ下がっている
笑ってる顔だ
それで
その女性に
「着替えをするけど
　あんたが居ると恥ずかしいわ」

とまで言った
おれはベッドからずれ落ちそうになった

誰の部屋にも
日の光は射し
清らかな風がふいた

手袋を作って

祭壇に飾られた写真は
ついこの間まで話していた元気な顔だ
そんな！
いつの間に亡くなってしまったんだ
七十代とは思えぬ動きで
車の荷台いっぱいの
軍手を運んでいたのに
「ウチの軍手はいい軍手ですって」
軍手作り一筋の人生で
きっと何百万双の軍手が
会社や工場に納められただろう
油に汚れた軍手を

丸めて投げ捨てた人
手になじんだ軍手に
別れを惜しんだ人
新しい白い軍手に
気持ちを新たにした人
おやじさんは走りながら辺りを見渡した
メリヤス屋も企業も海の外に出ていき
工場の町に残った同業はわずかだ
それでも編み機をまわして
いい軍手をたくさん作るのが
おやじさんの生きがいだった
たかが消耗品？
本当にそうか！
国産軍手がなくて工場はまわるのか
ホームセンターに行けば

輸入物の軍手が山と積まれているが
おやじさんの作ったような
安くてはめ心地のいい
軍手は見つからない
当たり前のことをやりながら
ほかに代わることが
出来ないことをやった人だった
ささやかな葬儀は終わった
世の中にとって大切な人を失ったのに
外ではいつもと変わらない
時間が流れているだけだった

緑地風景

落ち葉の終わり

落ち葉って
きれいだな
茶色だけじゃない
黄色も
赤もある
金色も
銀色も
ほら、青色だって
桃色だって
いろんな形をして
みんな光っている
みんな潔く

重なり合っている
枯れて落ちたんじゃない
こんど来る
春のために
かわいいつぼみのために
あきらめきれない
思いもあったけど
さいごは
自分から土に
きっと
降りてきたんだ
だから
こんなにも
まばゆいほど
終わりがきれいなんだ

茶色

私は犬を連れて
散歩に出かけた
二匹は仲良く
枯葉の上に
ウンコをした
桜に木につないで
片付けようとしたが
見つからない
枯葉と同じ色で
いくら目をこらしても
区別がつかないのだ
なぜ両者は同じ色なのか

その共通性を
しばらく考える
一方は排泄物
一方は葉っぱの最後か
ウーン、なんといえばいいか
やはり分からない
師走の押し迫った日だった

不思議な公園

私の家の近くには
不思議な公園がある

小さな森と池があり
その周りにはサイクリングコースがある
私は今そのコースに
自転車を走らせている
犬が向こうから
大口を開けてハーハーとやってくる
犬ってほんとはなんだ
何者だろう
もっと不思議なものは木だ

木ってなんだ
この地上から空にむかって伸びて
風に揺れる緑のものの
正体はなんだ
どうしてこの世界にあるんだ
いやいや
このペダルを踏む私こそ不思議だ
世の中を生きる私を
いつも見つめていく私
生まれてから今日まで
ずーと私だけれど
生まれたいと願ったわけでもない
気が付くといつでも
息をしているのだ
だけど

もっと　生きたいと願っても
最後は思い通りにならない
そうか　命というものは
もともと自分のものじゃないのだ
じゃあ誰のものだ
うーん、わからんわからんけど
風が気持ちいい！
サイクリングコースを走ると
いつも変なことをきまって思う
そんな公園がある

緑地風景　…庄内緑地公園にて

コナラの木の下で休む
木はいつまでも風に飽きない
カマキリの子どもを吹き飛ばした
知らない虫が這っている
公園の時は止まっている
椋鳥は歩き方が変だ
鳩は歩くといちいち首を振る
雀は少し休めばいい

カラスは日陰で話す
蝶々は真っ直ぐ飛べない
犬は口をあけている
年寄りは歩みがのろい
さっき捨てたお茶は飲めない
こぼれるほどの時間
枝は風で体をほぐす
木は明日もここにいる

ナゴヤのサルさん

カラスの花見

道標のカラスが一羽、人待ち顔だ
もう一羽、
一升徳利を背負ったカラスがやって来た
「いい陽気だ、花見と洒落込もう」
二羽は高く青い空で
急旋回した後
村はずれの桜並木の土手に降り
枝ぶりのいい木の下に腰をおろした
一羽が背中の徳利をヨイショとおろし
「まあ、一杯いこう」と言った
もう一羽は
「わるいな、実に」と言って

ふところからお猪口を差し出した
差しつ差されつ
どんどんすすんだ
顔が赤くほてり、
いい気分で唄いだした
「カラス何故なくの
　カラスは山に……」
あい方も調子に乗って
「カラスの赤ちゃん
　なぜなくの……」
そこで唄はピタリと止まった
「なんだ、なんだ
　カラスの唄はどうしてこうみじめったらしいんだ」
「そうだ、もっと景気のいいヤツはないのか」
「カラスなぜ可笑しいというのがあってもいいだろ」

「そうだとも」
「畜生、俺達を色メガネで見てるな」

そこに一陣の風が吹いた

ピンクの花びらはクルクル回り
黒地の羽を鮮やかに
染めた
二羽はその花模様の姿が
すっかり気に入って
こんどは踊りとなった

ジャズコンサートの夜

「ジャズ・イン・ナゴヤ」の
コンサートのことだ

芸文大ホールの五階から
下の舞台を見ると
まるで井戸の中を
覗くようで
落ちそうな気分になる
だから
眼をつむって
音だけを聞いていると
浮かんできた

土手の道を歩いている
タンポポの斜面には
大きな洞穴がある
何気なく覗いてみると
ネズミが集会を開いている
舞台の看板には
「野良猫の暴力糾弾！
闘う野ネズミ支援ジャズコンサート」とある

聴衆は
鼠色のブレザーで揃えた
トランペッターの
スイングスイングの
馴染みのリズムに乗って
タワケだ
タワケ

ネコのタワケ
と大合唱だ

春の日差しは
スポットライトとなって
ネズミたちを
いたずらに興奮させていた

会場は明るくなり
いつの間にかコンサートは
終わっていた
「やっぱりジャズは
　狭いところの方がいいな」
そんなことを言って
私たちは夜の栄に出た

考えるイノシシ

年老いたイノシシは考えた
まっすぐ生きて来たつもりだが
いつも山からは
むなしい風ばかり降りてくる
これから何を頼りに
生きていけばいい
イノシシは
丘の上の教会に向かって
進んでみた
すると
丘の上から
日差しを背に
背の高い男が現れ

銃を空に向けてぶっ放した
イノシシは胆をつぶして
逃げた
イノシシは
今度は山を登り
お寺の山門をくぐった
しかし
両側に鎮座している
狛犬を見て落胆した
この犬ころめ
どれだけ山を逃げ回ったか
イノシシは腹をたてて引き返した
イノシシは
今度は山を降りて
麓の神社に向かった
赤いのぼりの道を突き当たりに

キツネが座っていた
くそっキツネか
このペテン師め
イノシシは
血走った目で
家に戻っていった
年老いたイノシシは
岩にもたれて
夕焼けに赤く染まっていく
雲を眺めていた
「オレは、心がせまいのかなぁ」
とつぶやいた
すると
女房のイノシシがやってきた
「あなた、晩御飯よ」
「今日は何だい」

「どんぐりの山盛りと山の芋のてんぷらよ」
日が暮れて
夫婦は食卓を前に手を合わせた
そのとき
年老いたイノシシは
山すそに悠然と立つ
どんぐりの木のことを思った
土深く伸びる山の芋のことも思った
そして
いつもより感謝して
涙ぐんでいると
女房のイノシシが心配して
自分の分のてんぷらを
そっと差し出してくれた

ナゴヤのサルさん

ナゴヤに出てきたおサルさん
かわいいおサルさん
まじめで前向きひたむき
でもちょっぴりなまけもの
仕事はたいへん
キッキッキ
でも負けたら暮らせない
だから休みは旅に出て
お山でひと休み

ナゴヤに出てきたおサルさん
かわいいおサルさん

やっとみつけたいい人
でもちょっぴり疲れてる
恋はせつない
キッキッキ
でも一人に戻れない
だから休みは旅に出て
お山で綱わたり

ナゴヤに出てきたおサルさん
かわいいおサルさん
ふるさと母さんなつかしい
でもちょっぴり帰れない
人との付き合い
キッキッキ
引くにも引けない

だから休みは旅に出て
お山で夢をみる

ハズレでよかった

町工場の青春

工場の修理

心の広さは
メジャーできめる
光がいるなら
プレスで開ける
思いやりは
ノギスで測る
とげとげしいは
ヤスリで削る
隙間があるなら
溶接で埋める
性格が悪いなら
スコヤーでなおす

歪みがあるなら
ハンマーでたたく
ゆるんでいるなら
モンキーで締める

くそっ
思いどおりにいかん
今日もどうせ
出来そこないだぜ
オレは

工場の階段

そのころ俺は
仕事の工程を組んだりして
工場で張り切って働いていた
暑い夏の日のことだ
忘れ物をロッカーまで
取りに行こうと
階段をトントントンと
上がっていった
女性用の更衣室の
カーテンが開かれたままになっている
中で、最近パートで入った
若い奥さんが

上着をすっかり脱いでしまっている
「あ、すいません」
思わず俺が言うと
「あなたなら見てもいいのよ」
とニッコリ
あわてて俺は階段を下りた
それから
プレスを回しても
コーナーカッターを使って
忙しく働いてても
昼のサイレンが鳴るまで
気持ちがおかしい

なんで俺なら見てもいいんだ
このことだ

工場の二人

工場に
ハゲハゲと
禿げてもいない男を
ののしる男がいた
ののしるその男こそ
前頭部がはげているのだ
なのに
そのハゲた男は図面をひろげ
唸る機械の前で
ふさふさの黒髪男に
「ハゲ、そんな事もわからんか」
「ハゲ、しっかりしろ」

「どこ見とるんだ、ハゲ」と
得意そうに怒鳴る
毎日、毎日大声で
ハゲた男は
仕事が下手な黒髪男を
「ハゲハゲ」と
気持ちよさそうに馬鹿にする
言われた黒髪男は
いつもニヤニヤしながら
「すいません」と耐えている
二人の若い男の
馬鹿馬鹿しいやりとりを
周りは笑ってみている
ところが遂に
余りの言われ方に

黒髪男は怒ったのだ
（ケンカになる）みんなそう思った
ところが、黒髪男は
大声でこう言い返しのだ
「ハゲで、ハゲで悪かったなあ、オレが」
仲のいい変な二人だった

ヤスリの使い方　…先人の教え

いいか
ヤスリは粗目、中目、細目、
弱り目、たたり目とあってな
削る相手によって
どれを使うか選ぶんだ
わかったか
ヤスリは引いては削れん
押して初めて削れるんだ
押したり引いたり
タラタラやっている奴がいるが
ありゃ駄目だ
腰を使わにゃ

腰に力を入れてサァーと
前に平行に押し出すんだ
まあ、お前は新婚だから
毎晩、腰を使い過ぎる
俺もそうだった
だが、そっちのほうは
程ほどにしとけ
聞いとるんか！
特に鉄箱の角を出すときは
三方からアールにそって削って
最後にきれいに角を出すんだ
やってみろ
鉄板にヤスリの目が出んように
見栄えよう仕上がりゃ
一人前さ

ハズレで良かった

いい学校に入ろうと思ったけれど
残念でした
ハズレました
だけど今は気が合う仲間に囲まれて
ああ　ほんとにハズレで良かったよ

大きな会社に入ろうと思ったけれど
残念でした
ハズレました
だけど今は思いやりのある町工場
ああ　ほんとにハズレで良かったよ

美人の嫁さんもらおうと思ったけれど

残念でした
ハズレました
だけど今は気持ちが通っていとおしい
ああ　ほんとにハズレで良かったよ

頭のいい子に育てと思ったけれど
残念でした
ハズレました
だけど今は友達思いで人がいい
ああ　ほんとにハズレで良かったよ

夢が欲しいと宝くじ買ってはみたけど
残念でした
ハズレました
だけど今は地道な暮らしが楽しくて
ああ　ほんとにハズレで良かったよ

君の笑顔

ワタルさんの激励

正直言います
はじめ私は敬遠していました
顔は恐そうだし
体は太くてごついし
それにしては動きは素早し
体は臭いし
低い声でいつも唸っとるし
女子トイレに入り浸り
ウンコばかりしているし
時々、自分の手を噛んで
片方の手で人をバシバシ叩くし
噛んでいるところだけ

毛が生えているし
何を考えているかわからんし…
「ワタルさん、今日は誰と帰るの」と
誰かが聞くと
決まって私の名を言うのです
妙な気分でした
それでもそう言われると
やはり嬉しいのです
作業所に四時までいられるようになってから
ワタルさんは変りました
顔がニコニコしてツヤがあり
丸い顔が大仏様のようなのです
動きはあい変わらず素早いけれど
まだ逃げたりしないのです
私の首に手をまわし

頬ずりしてくるのですが
匂いが気にならないのです
何か言うと
声が可愛いのです
噛んだところの毛は
珍しいのです
女子トイレでは
何か考えているのです
ある日私が圧着の仕事に
手をやいていると
ワタルさんがテーブルの向こうから
私の名前を呼んで
「仕事、がんばろうね」と言いました
すべての音が消えて
その言葉だけが聞こえました

それから私は
どうも
ワタルさんが好きになったのです

天秤座

私はどうも星占いが嫌いだ
誰かに何座？と聞かれて
天秤座と答えるのが嫌なのだ
まるでいつも何かを
天秤にかけている様で
気に食わないのだった
作業所の現場の仲間が
「何座？」と聞いた
私は正直に天秤座と答えた
彼女は星占いの本を開き
天秤座のところを読み始めた
「守護星の金星は、 愛情と調和をこのみ、理想や美を求めるゆたかな心を性格としています」
（おお　わしにピッタリじゃないか）
「二つのものの中間にたってどちらにもかたよらず
公平に判断することができる批判力を持っています」
（なるほど　なるほど）
「この生まれの人は決して極端な行動に走らない」
（通行止めの夜の山道を突っ走しったっけ）
「冷静な性格と高い自尊心をもっていますから
我を忘れて熱狂したり、カッとなるようなことはありません」
（日本シリーズの時に親子で喧嘩したっけ）
「全体的には、欠点の少ない性格で
安定したおだやかな生活がおくれます」
（そうか　まあ　おだやかと言えばおだやかか）
それから彼女は自分の星座と
私の星座が相性が悪い星座であることを発見した

辛らつなことを言う彼女だ
何を言うか不安だった
「星占いでは相性が悪くても
不思議だけど二人は仲良しだよね」
その時ほっとして
私は天秤座で良かったと思った

君の笑顔

君の笑顔は
誰よりもすがしい
ともに働く僕を
いつも励ましている
石でできた街も
いつかは微笑む
生きていて良かったと
胸ふくらませたい

君の瞳は
誰よりも澄んでる
ともに語り合う僕を

いつも支えている
急ぎ足の街も
いつかは立ち止まる
生きていて良かったと
手を取り合いたい

君の姿は
誰よりもまぶしい
ともに生きる僕を
いつも照らしている
空を忘れた街も
雲に憧れる
生きていて良かったと
肩を抱き合いたい

思いでの家族

おふくろムード

寝っ転がって
テレビの野球を観ていた
おふくろは
壁にもたれて
付き合っている
「雨が降っても観れるようになって
　ええな、ムードは」
「ムードじゃなくてドーム」
「そうかハハハ」
二人は仲良しムードだった

おトミさん

道路工事で働くトミさん
手拭いほうかぶりして
両手にヤカンを持って
男たちに水をやるために走り回る
子供思いの元気なトミさん
亭主に死に別れ
女でひとつで
やり繰りをする
トミさんは子供たちに自慢する
この橋はワシがつくった
この道はワシがつくったと
ある日
トミさんが現場で

砂利をならしていると
ダンプカーがバックしてきて
トミさんをひいてしまった
まわりは一瞬の出来事に
息をのんだ
「トミさん」
誰かが叫び
ダンプがどいた砂利の上を
目をこらした
すると、砂利はポロポロ崩れ
中からトミさんが出てきた
駆け寄ってくる労働者たちに
トミさんは服をはらい
砂だらけの顔で笑い返した
周りに笑いと安心の声が
ワッと広がる

すると一人の爺さんが
春日八郎の名曲を歌いだしたのだ

死んだはずだよ
お富さん
生きていたとは
お釈迦様でも
知らぬ仏の
お富さん

その歌は手拍子に乗り
工事現場の歌となって
ビルの街に
響いたそうな

親捨て山

むかし、あったんだわ
年寄りは飯食ってばっかりで
役にたたんで山に捨てよと
お上の御ふれがでたんだと
ほんだもんで、五十の男が八十の母親を背負って
よっこらひっこら　よっこらひっこら
山に登って
雨に濡れん岩陰に
母親を降ろしたんだと
そうすると　母親が言ったんだわ
「死ぬ前に大須ういろが喰いたい」
なんで来る前に言ってくれんかったと

男は思ったけど
「わかった」と言って
どんどんどんどん　どんどんどんどん
山を下って
よっこらひっこら　よっこらひっこら
また山に登ってきて
やっとういろを母親に渡したんだと
母親はむしゃむしゃ美味そうに食べてから
「甘いもん喰って、辛いもんが喰いたなった
山は寒いし　味噌煮込みが喰いたい」
と言ったんだと
男は、しかたないしかたないと思って
どんどんどんどん　どんどんどんどん
山を下って
鍋とうどんと味噌を担いで

よっこらひっこら　よっこらひっこら
またまた山に登ってきて
柴をあつめて、火を焚いて
味噌煮込みうどんを作ったんだと
母親はまあ喜んでふうふう美味そうに食べてから
「こんな美味いもん食べて、もう何ひとつ心残りは無いが
　なんでエビのてんぷらをつけてくれんかった」
と言ったんだと
男はすっかりもうあきらめて
鍋と母親を担いで町に下りて
お上に見つからんように
二人そろって幸せに暮らしたんだと
こんで尾張のはなしだでおーわり

マドンナの魂

朝早く家を出て
仕事に行くおふくろを
追いかけて泣いた
あの頃を思い出した
道路工事の男の中で
汗を拭いて
笑っていたおふくろは
今はもう
起き上がる力もなく
ベッドの上で眠っている
窓ガラスの雪を見て
帰ってこないおふくろを

待ちわびて眠った
あの頃を思い出した
金のないのは首のないのと
一緒だと
笑っていたおふくろは
今はもう
起き上がる力もなく
ベッドの上で眠っている

そんなおふくろの
魂とユーモアが
生きていけよって
いつも
いつも
オレを励ましている

思い出の家族

嵐の夜に電気は消えて
「明かりを点けて」と
母さんの声
暗闇の中の
一本のろうそくに
みんな集まって
なぜか笑っていた
ふるさと下町の思い出の家族

一つの部屋に四人で眠る
「クイズをしよう」と
母さん声

チンチン電車は
どうして走る？
可笑しな答えに
ねじれたふとん
ふるさと下町の思い出の家族

祭りの夜は笛の音が鳴る
「ごはんができたよ」と
母さんの声
囲んだご馳走
稲荷寿司の山
あわてて食べて
外に飛び出した
ふるさと下町の思い出の家族

雪の降る夜はしんしん更けて
「仕事で遅いよ」の
母さんの声
耳を澄ました
玄関の音
まだかまだかと
窓を見上げた
ふるさと下町の思い出の家族

＊母の答えは「チンチン電車が走るのは電気じゃない。車掌さんがチンチンと鳴らすだろ、ほんではじめて走るんだ」

私の好きなもの

一枚の絵

君の描いた絵は
数奇な運命をたどる
ささやかな日常は
変質を強要する装置に
送り込まれる
抵抗する手と足は
狂ったようにもがき苦しみ
やがて
こじんまりとして
おとなしくなる
そして
これでもかと押さえつけられ

一枚のプラバンとなるのだ

「おじさん、出来た?」

「うん」

新聞

朝刊の一面に
オオルリが緑地公園に来たと
美しいルリ色の姿が
カラーで大きく載った
次の日
廊下に出てきたゴキブリを
その朝刊を丸めて
私はたたき殺していた

朝の雷

朝の雷は
はじめゴロゴロと
愚痴を
並べたてたあと
瞬きのような光で
時々、本心を見せていた
しばらくすると
空の束をバリバリと
激しく引きちぎり
全身全霊をこめて
ドッシーンと地上に落ちた

ポツリポツリと
雨が降り始めた

昨日、ラジオでは
暮らしに行き詰まった
老夫婦が
住んでいたアパートで
世話になった人へ
書置きを残し
自殺したことを
伝えていた

底の抜けたような雨が
屋根や庭を叩きつけた

雷はそれから
またゴロゴロと
愚痴をこぼしながら
遠くへ去っていった

雨は小止みになり
陽がさし始めていた

サチエさん

初夏の日のこと
叔父さんの奥さんの
葬儀に出かけた
サチエさんという
一度も会った事の無い人だった
小さな町にしては
沢山の喪服の人々が
古い洋品店を取り囲んでいた
亡くなったその日
サチエさんは
友達とカラオケに行っていた
オハコの歌の一番が終わり

間奏をききながら
二番目に入ろうとしたとき
脳梗塞で倒れ
そのまま
五十五年の人生を終えたのだった
「おれは、夜になったら
　死んでしまうかも知れん」
叔父さんは参列の人にそういって
涙を拭いた
親しい人たちに混じって
花を添えたとき
サチエさんの顔には生気があり
棺おけの中で
少しだけ休んでいるように見えた
やがて出棺の時が来た

音の割れたスピーカーから
彼女がもっとも好きで
最後の歌となった
キム・ヨンジュの
「涙のしずく」が沿道に流れた
みんな泣いた
演歌の苦手な私もいっぱい泣いた

明るいことと暗いこと

生きるということは
明るいことなのか
暗いことなのか
明るく生きていれば
この世に起きている
嫌なこと　悲しいこと
不幸な事を
どうするんだという気持ちが
湧いてくる
暗いことが続くと
だからこそ
明るく生きて

乗りこえていくんだという気持ちが
また　湧いてくる
すべて
明るくなったり
暗くなったりすることは
出来ないんだ
なぜ出来ないのか
それはまた
明日考えようか

わたしの好きなもの

わたしの好きなものは
なぜか二つの文字になる
そら　かぜ　たび
そして　君

わたしの好きなものは
なぜか二つの文字になる
もも　なし　かき
そして　君

わたしの好きなものは
なぜか二つの文字になる

そば　もち　パン
そして　君

フライパンとテーブル拭き

栗ご飯

夕飯は
待望の栗ご飯だ
湯豆腐が付いた
いんげんの胡麻和えも付いた
魚のフライも付いた
茶碗から
栗色の湯気がたった
もち米が光った
静かな食卓だった
秋だなーとつぶやいた

フライパン

一枚目は
チャーハンだった
カリカリにしようと思い
いつまでもやっているうちに
二度と使えない代物となった
二枚目は
焼きそばだったか
やはり、底を焦がし
メラニン加工なるものを
台無しにした
新品だった
三枚目は

電話がいかんのだ
つい、話し込んだ
気がついたときは
煙が天井まで上がっていた
妻が愛用していたものだった

三枚のフライパンを
立て続けに駄目にした私は
それ以来、家で「フライパンの敵」と
呼ばれるようになった

夕飯

私は料理番組を思い出し
おもむろに
お品書きを書いた

鯵の簡単焼き
アサリの酒蒸しの葱かけ放題
湯豆腐のすくい取り
納豆のコネ回し
肉ジャガの薄味じゃがネ

鯵は脂ののりがいい
アサリはよく洗ってと
よし、豆腐は賞味期限が切れてない

納豆は生協
肉は「松坂牛・友屋」のバラ肉と
目標がはっきりすれば
動きは素早い
換気扇は静かにまわる
まな板を照らす
蛍光灯はあかるい
「出来た」
食卓についた家族に
本日の
お品書きを見せる
「いつもと一緒だね」
「どこが違うの」
心無い感想のなかで
つつましい夕飯は
はじまる

フライパンとテーブル拭き

テーブルの前の
君の笑顔は
長い間見てきたけれど
この頃はシワも増えて
嫌でも年を重ねてしまったね
それでもふとした時
不思議に前のように
きれいに見えることがある
これはどうしたことだろう
僕も同じように
年を重ねたからか
若いころは

ちょっとしたことで
けんかをしたり
仲直りしたけど
この人生の終わり頃に
なんてオレは馬鹿なんだ
やっと君という人が
分かってきたなんて
人生とはむなしいもので
もうどちらかが先に逝く
それは避けられないことだけど
残された時間を
永遠だと思って
僕はフライパンを返し
君はテーブルを拭く

感謝状

手紙

夏の日差しが
眩しかったのだと思う
温かい心から出た
冗談だったかもしれない
病室は笑い声で湧いていた
「手紙を出したげなさい」
「ダンナさんが喜ぶて」
妻は
いいのいいのと
きっと手を振っていたのだろう
大部屋の女たちは
心は健康なのだ

鉛筆と紙が
妻のベッドのふとんの上に置かれた
「ほら、書きゃあ、ほら」
みんな可笑しくて
しょうがない
「私がダンナさんの病室に持ってたげるって」
「あんたはいかん、怪しいで」
「そう、私がもってくわ」
「いかんいかん　どこの女が来たと思われるわ」
「ハハハ…」

私の病室に
女に人が微笑みながら入ってきた
「これ奥さんからの手紙、元気だでね」
そう言って出ていった

手紙は新聞のチラシの裏側に
少し歪んだ字で
「あなたが元気で良かった
私も大丈夫」と書いてあった
妻と病室の人たちの
心ねが身にしみた

オレンジひと切れ

夕食には少し早い病院の食堂に
妻と入った
二人で食べた
野菜サンドの皿の上に
オレンジがひと切れ
ぽつんと
しばらく残った
それは
遠慮のかたまりではない
たがいにすすめたい
思いのひとかけらだった
私の顔に

はっきりと
食べない意思があるのを
確かめると
彼女は
意外なものを獲得したように
満面に笑みをつくり
その幸せを口にいれた

感謝状

本日、私は五十七才の誕生日を慢性腎不全から解放されて、
健康な腎機能をもって迎えることができました。
これは、あなたの志の高い生き方と犠牲的精神、
そして深い人間愛の賜物であり
あらためてここに感謝の意を表します。
結婚生活三十三年を振り返れば、
穏やかな日もありましたがライバル意識が先に立ち、
犬だけでなく全国のペットも喰わないような、
「言い合い」「こぜりあい」の果てしなき積み重ねの日々でもありました。
これらの「言い合い」は私の人間的未熟さから来るものであり、
すべては、私の我がままから生じたものであることをここに潔く認め、
私から一方的に旗を巻き、本日ここに終戦を宣言させていただきました。

私のお腹に移動したあなたから頂いた尊い贈り物は
「神様のような良江さんから頂いた腎臓」をキャッチフレーズに
「良神さん《よしじん》」というニックネームを
勝手ながら付けさせていただきました。
これからの私の行動は、いつも、この「良神さん」のご機嫌を伺いながら
決めていきたいと思います。
今後の私は、
どんな苦しい時でも普段どおりのユーモアを忘れないという
崇高な理念を持ち、
しばしば友と旅に出かけ古い街道を歩き
蕎麦を食べ団子を喰らい、
風と緑の中で変な詩を思い浮かべ、
気がつけば仕事もしていたという、そういった具合でいきたいと思います。
そして二人の関係は
あなたが上なら私は下、

あなたがお日様なら私は日向ぼっこの爺さん、
あなたがお月様なら私はススキの原っぱで俳句をひねる世捨て人という感じで
仲良く生きていきたいと思います。

最後になりましたが……
痛い思いをさせて
ごめんなさい
ありがとう。

みんなの願い・また明日ね

誰かが誰かを思う
大切な人だと思う
いつもの笑顔に
おはようと声をかわす
心が通う
そして夕焼けのころ
また明日ねと別れる
そんな当たり前の毎日を
私たちは守りたい
何でもない日々を
守っていこうよ

誰かが誰かに出会う
いろんな顔があるよ
いろんな気持ちも
話しあえばわかる
心が通う
そして出会うことで
友達になれる
そんな当たり前のこころを
私たちは守りたい
何でもない日々を
守っていこうよ

誰かが誰かと生きる

みんなの願いはひとつ
ひとつの青空に
人はみな同じなんだ
心が通う
そして同じ大地で
寄り添って生きたい
そんな当たり前の願いを
私たちは守りたい
何でもない日々を
守っていこうよ

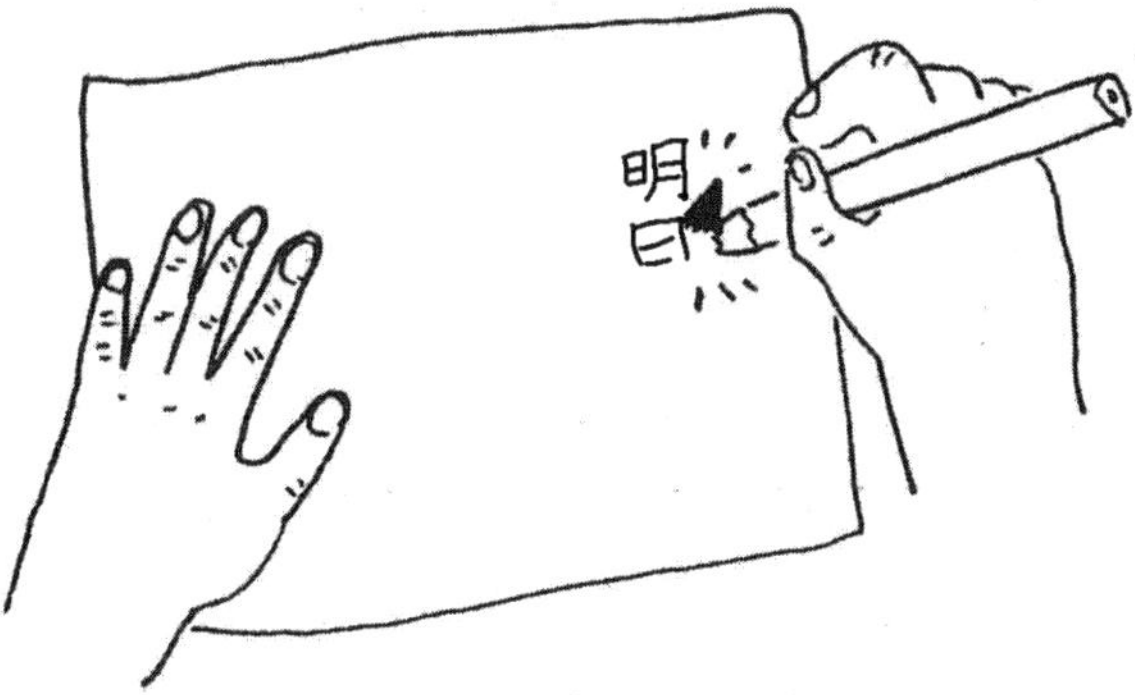
明

あとがき

三月の最終日曜日、終日降る雨の中でふと気付いた不在着信が「あとがき」の原稿依頼だった。平岡さんの詩に曲を付けて歌っている人は数多くいる。遊び仲間もお持ちのはず。その皆様を差し置いて何故私に？と、疑問に思いそう口にもしたが、依頼は覆らず受けることになった。

　私は平岡さんが紡ぐ言葉たちが好きだ。歌詞としては曲もつけ難かろう。韻を踏み軽快な形の「詩」もあるが、そうではなくて見たまま感じたままの言葉の羅列もある。そんな不揃いの言葉たちが織りなす平岡さんの世界にクスッと笑ったり、「そうだ!!全くだ!!」と、一緒に怒りが爆発することもある。そして幸せな気持ちに浸るのだ。

「人生の残された時間」を意識するこの時期になって編むこの作品集。身近な生活の中で呼吸するように生み出される言葉たちは、逞しく地べたに根を張る雑草に「みんななお前が好きさ」と心寄せ、毛虫にことよせ（真面目に生きる毛虫にもさぞや迷惑であろう）為政者達を嗤い飛ばす。テーブルを拭く連れ合いに「残された時間を永遠だと思って」フライパンを返す「僕」は、自分の足で大地に立ち、グローバルな視点を忘れず、人生のパートナーに感謝を捧げる。

　この作品集を手にしてくださる皆さまが、それぞれにこの言葉たちに共感し、心揺さぶられ、ふと幸せを感じていただけたなら嬉しく思います。

二〇二一年六月二一日　村瀬智

さいごに

ひらおかひでお

前回の詩集を出してから二十五年近くになります。

その間にも詩集を出したいなと思いましたが、いろんな人とのかかわっているうちにいつの間にか年をどんどんとって今日に至ってしまいました。

この散文のような物語のような詩を読んでいただいて、クスッと笑ったり、ふーんと頷くいたりして頂ければ幸いです。「読んでもらうだけで有難いと思いなさい。」は「感謝状」を受け取っていただいた方の言葉です。

また、この詩集が出来ましたのは、バンドのみなさんや、大熊由美さん、丹下真弓さんをはじめとするホレホレ応援団の励ましがあったからだと思います。

さいごにこれがおわりのホレホレバンドのコンサートや「明日はほぼ幸せ」コンサートなどで、この本の詩に素敵な曲を付けて下さった方々（敬称略）を紹介させていただくとともに、応援していただいたすべての皆様に感謝を申し上げる次第です。

岡田京子　野草曲

大島博　野草曲

ナウシカの好きな娘へ

明日はほぼ幸せ

日泰寺参道

輝く年を

拝啓八十のボクから

ハズレで良かった

感謝状

加藤隆正　ゆびきり

君の笑顔

丹下靖　保育園に来てごらん

落ち葉の終わり

フライパンとテーブル拭き

有田寛　パレード

思い出の家族

河合司郎　総理を生活保護に（標準語版）

岩瀬喜則　みんなの願い・また明日ね

（昭和九条の会の歌）

[著者略歴]
ひらおかひでお（本名・平岡英男）
1947年　名古屋市大須に生まれる。
1967年　働く青年のサークルで、文集「青い麦のうた」を発行。
1972年　雑誌「青年運動」で作品について詩人土井大助氏に、「人情味と楽天性」「技巧的なものはないが、そこがかえってユニークでおもしろい」と評される。
1993年　「劇団あそび座」の結成に参加し、座長となる。
1994年　「これがおわりのホレホレバンド」のコンサートづくりを応援。
1997年　詩集「父さんの助言」出版。
現　在　詩作や「ホレホレバンド」へ作品を提供するなど、創作活動を続けている。

装幀◎澤口　環

詩、ときどきユーモア　**明日はほぼ幸せ**

2021年12月18日　第1刷発行　　（定価はカバーに表示してあります）

著　者　　ひらおかひでお
発行者　　山口章

発行所　名古屋市中区大須 1-16-29
振替 00880-5-5616 電話 052-218-7808
http://www.fubaisha.com/
風媒社

*印刷・製本／モリモト印刷
乱丁本・落丁本はお取り替えいたします。
ISBN978-4-8331-5396-6